Coordinación de la Colección: Daniel Goldin.
Diseño: Arroyo+Cerda
Dirección Artística: Rebeca Cerda

A la *Orilla del Viento*

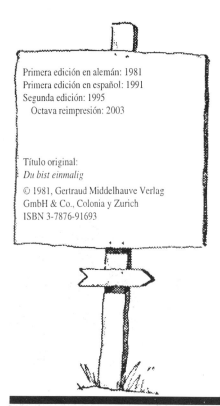

Primera edición en alemán: 1981
Primera edición en español: 1991
Segunda edición: 1995
   Octava reimpresión: 2003

Título original:
Du bist einmalig

© 1981, Gertraud Middelhauve Verlag
GmbH & Co., Colonia y Zurich
ISBN 3-7876-91693

LUDWIG ASKENAZY

D.R. © 1991, Fondo de Cultura Económica, S.A. de C.V.
D.R. © 1995, Fondo de Cultura Económica
Av. Picacho Ajusco 227; México, 14200, D.F.
www.fondodeculturaeconomica.com
Comentarios y sugerencias: alaorilla@fce.como.mx

ISBN 968-16-4713-0 (segunda edición)
ISBN 968-16-3671-6 (primera edición)

Impreso en México • Printed in Mexico

eres

ilustraciones:
Helme Heine
traducción:
Juan Villoro

ÚNICO

FONDO DE CULTURA ECONÓMICA
MÉXICO

El número de circo

❖ MAXI era un caballo increíble. Tocaba el piano. Tocaba el saxofón. Cantaba en forma extraordinaria y, además, era ventrílocuo.

Sin embargo, Maxi no tenía amigos.

Con frecuencia se esforzaba en hablar con otros caballos para conocerlos. Era en vano. Los demás caballos lo miraban con extrañeza y desconfianza. Y es que Maxi llevaba un sombrero de copa que era parte de su traje de circo.

Los caballos comunes pensaban que un corcel con sombrero de copa debía estar medio loco.

Se comprende.

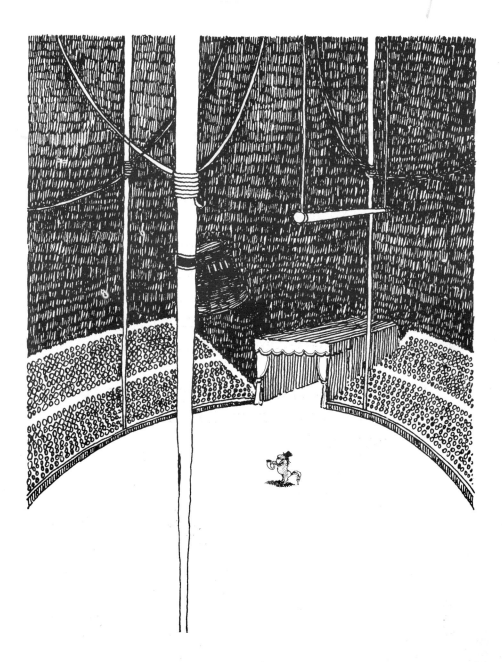

Imagínense:

Un caballo de tiro está comiendo su avena cuando de repente lo saluda un caballo blanco con sombrero de copa, absolutamente chiflado:

—¡Hola! Soy Max del Ay, el artista de circo. Lo que más quiero es una buena amistad. Busco a alguien que sea mi amigo y mi compañero en el circo. Ven conmigo y te enseñaré a tocar el piano. Tocaremos a cuatro manos.

Luego se quita el sombrero, lo agita en el aire y dice:

—¡Vamos, arre! La vida es hermosa.

El otro caballo guarda un precavido silencio.

Y Maxi sigue estando solo.

Sí, puedes ser un virtuoso de fama mundial y estar solo.

Así fue como Maxi se fue quedando cada vez más solo, como artista y como caballo.

En una ocasión, en Estambul, se sintió tan solo que le habló a un burro.

Los burros no son tan desconfiados como los caballos.

—Estoy de acuerdo —dijo el burro—, pero no quiero tocar el piano en el circo y no sé cantar. Mi voz es horrible. No hay manera de mejorarla.

Maxi se alegró con aquella amistad y dijo:

—No importa que no sepas cantar. ¿Para qué crees que soy ventrílocuo? Tocaré el piano y cantaré por ti como ventrílocuo. Sólo tienes que abrir el hocico. Seguramente sabes hacer esto.

—Lo sé hacer muy bien —dijo el burro—. Lo lograremos.

Y así fue como se formó el famoso dúo de circo Maxi y Poldi.

Poldi abría el hocico y rebuznaba suavemente:

—Ia, ia.

Y Maxi ponía el sonido del piano y el canto. Les encantó aquello, y fueron muy felices. El público siempre quedó fascinado. ❖

El jockey verde

❖ Es TRISTE que un caballo de madera esté arrumbado en el desván.

¿Qué puede hacer ahí, sin luz, sin niños, en medio de trebejos y espesas telarañas?

Pero un día llegó Mefisto, el gato negro, y quiso mecerse como en los viejos y felices tiempos.

El caballo de madera quedó encantado y le dijo al gato, una y otra vez:

—Mécete hasta que te pongas verde.

Y en realidad el gato se meció hasta ponerse verde.

—Mira —dijo—, ahora soy verde y ya no puedo dejarme ver en ninguna parte.

—Mécete otro rato —dijo, con astucia, el caballo de madera—, tal vez te vuelvas a poner negro o por lo menos azul oscuro.

El gato se meció y se meció, pero no sirvió de nada. Siguió verde, cada vez más verde, más verde.

—Tenemos que irnos de aquí —dijo el gato—. Ya no puedo hacer nada en esta casa. No dejaré que los ratones se burlen de mí.

El caballo de madera estuvo de acuerdo.

—Móntate en mí —dijo—. Y nos meceremos por ahí. Siempre quise conocer el mundo, pero siempre venían nuevos niños y querían mecerse. ¡Vámonos!

El caballo de madera saltó por la ventana, con el gato verde. El gato se aferró a él con sus garras.

Galopaban por las calles, las plazas, los puentes, admirados de lo que veían.

Y el gato verde preguntó:

—¿Ya estoy negro otra vez?

—Quédate verde —dijo el caballo de madera—. No te preocupes.

Así llegaron a un hipódromo, cuando empezaba una gran carrera.

Sonó un disparo y los caballos arrancaron al galope.

—Vamos —dijo el gato verde—, corre. Seré tu jockey. Es algo que siempre quise ser.

La carrera fue inolvidable.

El caballo de madera iba muy atrás del último caballo y el gato le dijo:

—Calma, calma. Respira hondo. Cuando yo diga "ahora" sales disparado.

Cuando el gato verde dijo "ahora", ¡hubo que ver cómo corrió!

El caballo de madera corrió como el viento. Cuando no podía pasar junto a los caballos se colaba entre sus patas.

Pronto pasó incluso a los caballos de la delantera, y el gato verde gritó:

—¡Querido amigo, eres fabuloso! Sigue así. La victoria es nuestra.

Todo mundo estaba de pie en las tribunas, hasta la Reina.

Y se oyó una exclamación:

—¿Se ha visto cosa igual en el mundo?

Habían ganado la carrera.

Se hicieron ricos y famosos.

A veces el gato verde se ponía realmente negro… Pero sólo de noche. ❖

La colina del erizo

❖ Es MUY importante que los erizos tengan espinas. Sin espinas, un erizo estaría perdido. Eso lo saben todos (también los erizos).

Por eso cuidan y protegen sus espinas. Y hacen bien. Pero, como en todo, hay excepciones.

Un erizo llamado Heriberto se enamoró de una gatita parda llamada Rosamunda.

Esto sucedió en un jardín, la mañana de un día de primavera.

Como todas las mañanas, el plato de Rosamunda estaba lleno de una leche blanquísima.

Rosamunda llegó muy contenta a desayunar.

Y entonces vio que el erizo se bebía su leche.

—Señor —dijo la gatita—, ¿quién lo invitó a desayunar? Yo no, que yo sepa.

El erizo Heriberto bebió otro poco y luego alzó la cabecita.

Fue como si le cayera un rayo.

Rosamunda le gustó tanto que no pudo beber una gota más.

Rosamunda era una auténtica belleza. Parda, como dijimos, con ojos de zafiro y un bigote encantador.

—Ahora no tengo palabras… —dijo el erizo—. Pero regresaré mañana. Adiós.

—Está usted invitado —dijo Rosamunda—. Me gusta desayunar acompañada. Pero venga sin espinas.

Heriberto no sabía qué hacer.

La gatita realmente le había gustado. Y la leche también, por supuesto.

Fue a ver al pájaro carpintero para que le cortara las espinas.

Y como estaba muy enamorado, sobre las espinas creció un musgo verde, con flores amarillas y fresas silvestres. Y también unas florecillas erizadas.

A la mañana siguiente, Heriberto regresó a desayunar, pero la gatita no lo reconoció.

Rosamunda bebió su leche y se dijo a sí misma: "los erizos son como los gatos machos".

El erizo estaba tan fascinado con ella que no podía decir palabra.

Y la gatita dijo:

—Ahí hay una colina soleada. Voy a echarme ahí.

Se acostó sobre el erizo y se durmió al punto. El erizo se quedó inmóvil y se dijo a sí mismo: "Me quedaré como una colina en el jardín, no necesito más. Ya me las arreglaré para conseguir un poco de leche del desayuno."

Así, el erizo se convirtió en una colina, que crecía y crecía.

Los niños le decían "La colina del gato" o también "La colina del cactus", pues las espinas ya le empezaban a crecer.

El erizo dormía y dormía y sólo despertaba para el desayuno. Lamía gustoso un poco de leche, miraba en derredor, muy contento, y se volvía a dormir.

Mientras tanto, la gatita también había crecido y ahora tenía gatitos. Algunos estaban un poco erizados, pero eran muy bonitos. ❖

La ratona Silvia y el gato Cicerón

❖ UNA RATONCITA vivía en un viejo barril de vino. Nada le gustaba tanto como su vivienda.

—¡Estoy tan orgullosa de mi casa! —solía decir Silvia—. Si tengo sed, bebo desde mi ventana y me pongo de excelente humor.

Silvia era una ratona fuera de lo común. Era muy amiga de los gatos, porque siempre olía a vino. Nadie sospechaba que fuese ratona, pues las ratonas olían a tocino o a queso. Y los ratones de iglesia olían a incienso.

Así, Silvia fue la única ratona del mundo que tuvo una gran amistad con un gato atigrado de nombre Cicerón.

Silvia y Cicerón se volvieron una pareja muy conocida.

Todos decían:

—¡Qué amistad tan increíble!

Cuando otros gatos le preguntaban por ella, Cicerón decía:

—No sé, por algo me atrae. Al ver que una ratona sale borracha del barril de vino y apoya su cabeza en mi pata, ¡no me la puedo comer! Es incomprensible, ¿verdad?

Los gatos conocidos de la región le decían:

—¡Eres el único que no se la puede comer, Cicerón!

Todos se acostumbraron a la extraña pareja. Sin embargo, las gatas formaron un gran círculo alrededor de Cicerón y le dijeron con desprecio:

—¡Payaso! Te dejas atrapar por una ratona.

Algunas hasta le gritaron:

—¡Cicerón, criado de los ratones!

Pero ellos dos eran felices. Cicerón la esperaba todos los días en la ventana del sótano y le gritaba impaciente:

—¡Apúrate, que hoy vamos al bosque!

—Aquí no hay ningún bosque —respondía la ratona desde el barril.

—Sólo quiero que te apures —gritaba Cicerón—. ¡Apúrate a subir! No quiero que llegues muy bebida.

—Será mejor que tú bajes —decía la ratona—, ¿qué puede haber allá arriba?

Cicerón desapareció por un tiempo en la bodega de los vinos. Desde afuera sólo se oía un *miau-miau* complacido y un admirado *piip-piip*. Luego los dos salieron muy contentos y fueron a pasear.

Cicerón dijo con voz profunda:

—Nunca, nunca podría comerme a alguien como tú. Eres única.

Fueron considerados la pareja del año y hasta quisieron casarse. La voz se corrió entre los niños y todos quisieron ser padrinos.

Pero nadie supo dónde casar a un gato con una ratona. ❖

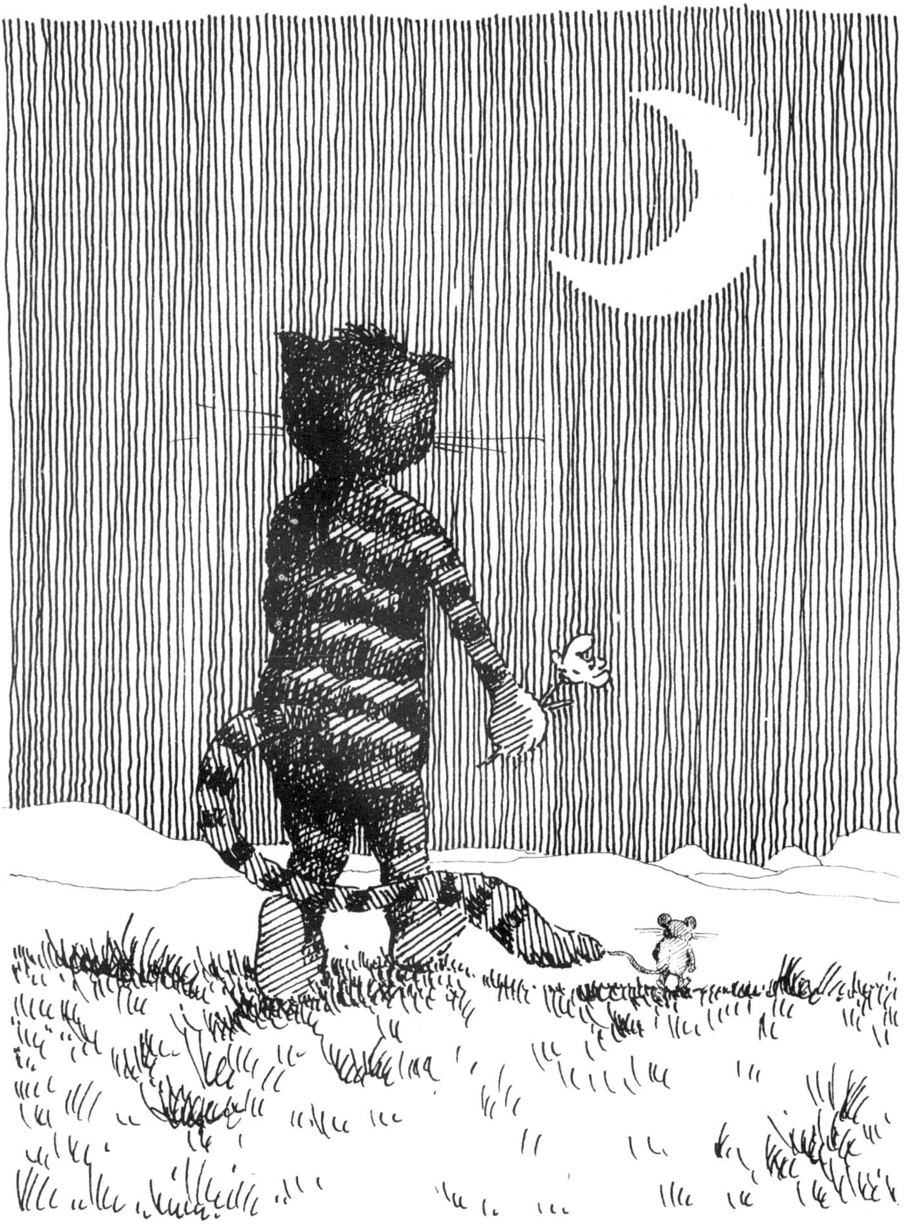

Babubu

❖ BABUBU era un elefantito que vivía en África. Tenía los ojos negros, la trompa sonrosada y era muy querido.

Era un elefante activo pero muy olvidadizo. Y para los elefantes olvidadizos sólo hay un remedio: hacerse un nudo en la trompa.

Toda mamá elefante enseña esto a sus bebés, pues no sabe si serán olvidadizos o no.

Aunque son una rareza, hay algunos tan olvidadizos que tienen que hacerse hasta siete nudos en la trompa.

Éste era el caso de Babubu.

Se hizo siete nudos.

El primero para bañarse.

El segundo para jugar bajo la ducha.

El tercero para comer cañas de bambú.

El cuarto para asistir al coro de los elefantes.

El quinto para el volibol.

El sexto para el entrenamiento del circo.

El séptimo para buscar a la ardilla que le ayudaba a desatar los nudos.

A veces, Babubu se iba por el pueblo, preguntando a los niños:

—¿Niños, se acuerdan por qué me hice el cuarto o el séptimo o el segundo nudo?

Obviamente, ellos tampoco se acordaban y decían cosas absurdas, como por ejemplo:

—El cuarto nudo es para que no se te olvide respirar.

Las cosas eran difíciles para Babubu, sobre todo cuando se apretaba demasiado los nudos.

Pero una cosa sabía a ciencia cierta: el último nudo era para la ardilla que le deshacía todos los nudos.

Cuando ya no sabía ni hacia dónde ni de dónde, ni qué ni por qué, iba a ver a la ardilla y le decía:

—Por favor, desátame los nudos de hoy.

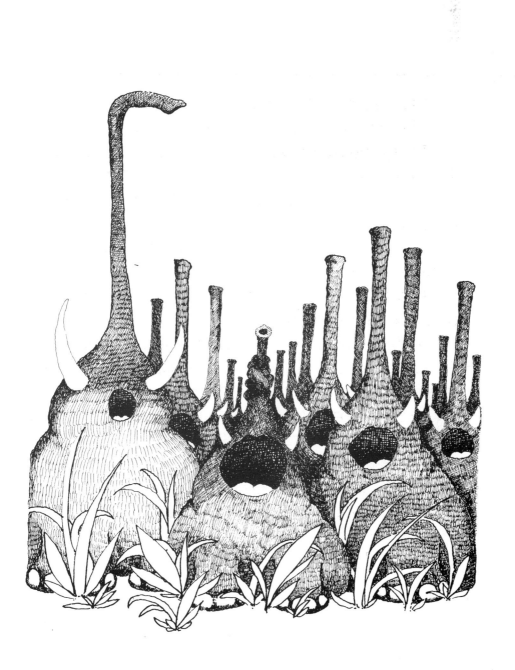

Entonces la ardilla trepaba hasta el nudo más alto. Saltaba de uno a otro, bajando por la trompa, haciéndole cosquillas a Babubu con su cola frondosa.

Entonces Babubu estornudaba con gran fuerza y la ardilla salía disparada por el aire. Obviamente, los nudos quedaban desatados. Si aún quedaban uno o dos, la ardilla reiniciaba su tarea. Luego Babubu le decía "Muchas gracias, hasta la próxima", y le pagaba: un cacahuate por nudo.

A veces un nudo terco se quedaba en la trompa. Babubu no dormía en toda la noche, y decía con su voz ronca:

—¿Para qué me habré hecho el nudo? ¿Para qué, para qué?

Era olvidadizo pero muy responsable. Y se alegraba porque a la mañana siguiente volvería a ver a la ardilla. ❖

Martillín, el pájaro carpintero

❖ MARTILLÍN era un pájaro carpintero suizo que no se sentía bien.

—¡Mi martilleo se ha vuelto tan débil! —le dijo a un amigo también pájaro carpintero. Y picoteó la madera un par de veces.

—Uy —exclamó el amigo—. Caramba, ¿qué te sucede? Creo que necesitas unas vacaciones. ¿Por qué no vuelas a Italia?

Y Martillín se fue a Italia.

Buscó un hermoso pino y dijo:

—Descansaré seis días. Al séptimo, volveré a picotear.

Durante seis días reposó en el pino.

Al séptimo cayó una tormenta. Pero Martillín no se inmutó, y picoteó tranquilamente.

De pronto se oyó un trueno fuertísimo y el pino se partió en dos:

—Vaya, realmente me he recuperado. Nunca había logrado cortar un árbol.

Picoteó otro poco y luego pensó:

"Un pájaro carpintero suizo debe volver a Suiza."

Llegando, puso el siguiente anuncio:

"Pájaro carpintero laborioso, que en Italia partió un pino, desea cambiar de oficio. De preferencia, haciendo los hoyos del queso Gruyère."

Martillín se dijo a sí mismo: "Para un pájaro carpintero, es facilísimo hacerle hoyos al Gruyère."

Desde luego, recibió muchas ofertas. Así, el pájaro carpintero Martillín se convirtió en el más célebre obrero de hoyos de queso Gruyère de toda Suiza. Por desgracia, engordó mucho en la tarea, pues le encantaba comerse el queso extraído.

Su picoteo se fue volviendo otra vez más y más débil.

Entonces se dijo a sí mismo: "Debo volar otra vez a Italia. Ahí me recuperé tan bien que partí un pino."

Pero el Gruyère le gustaba tanto que no podía parar.

Ya sólo miraba el mundo a través de los agujeros

Era demasiado gordo para volar. ❖

El pez pescador

❖ Había una vez un pescador que se llamaba Pez. Por si esto fuera poco, tenía aspecto de pez, escamas en ciertas partes del cuerpo y hasta unas pequeñas aletas.

No se las enseñaba a nadie.

Sabía que podrían pescarlo. Obviamente, esto no era lo que más le convenía a un pescador.

Y es que puedes ser pescador o pescado, pero no los dos.

Sin embargo, como algo le hacía falta al pescador, trataba de hablar con los peces.

Los atrapaba en una pequeña red, los sostenía en la mano y les hablaba afectuosamente:

—Querido amigo —decía—, si usted desea regresar al agua, basta que me guiñe un ojo, que dé un respingo o haga una seña que yo entienda.

Pero los peces no hacían más que saltar en desorden. Lo miraban con desconfianza y guardaban silencio (algo que de por sí les gusta hacer).

—Tengo entendido —decía el pescador— que hay un idioma entre los peces. Yo no lo conozco, pero en lo más profundo me siento como un pez, y quizá lo sea. Incluso tengo escamas y aletas. Cuando veo a un pez a los ojos, me late más el corazón. ¿Qué hacer, qué hacer?

Los peces no le respondían; sin embargo, parecían algo sorprendidos de que después de hablarles, los asara en la sartén.

Y así, el pescador nunca pudo conversar con los pescados.

Un día, fue a echar el anzuelo.

Al cabo de un rato, pescó a un hombrecito.

—¡Oh! —dijo el hombrecito sorprendido—, ¿dónde estoy y cómo llegué aquí? Aquí se respira mucho mejor que allá abajo. ¿Y cómo se llama eso azul, allá arriba?

—Lo azul de allá arriba se llama "cielo" —dijo el pescador— y lo verde de acá abajo, de donde tú vienes, se llama "agua".

—¿Así es que era agua? —preguntó el hombrecito—. ¿Y cómo fui a dar al agua? ¡Agua! ¡Brrr!

—Tú eres un hombrecito acuático —dijo el pescador— y en realidad yo soy un pez.

—Entonces déjame aquí arriba y lánzate allá abajo. ¡Ya verás qué refrescante! Cuando quieras regresar yo te pescaré con tu propia red. Pero no creo que regreses, pues probablemente eres un auténtico pez.

El pez pescador no lo pensó mucho rato, y se lanzó al agua.

El hombrecito aguardó en la orilla para ver si lo llamaba. Pero nadie lo llamó.

"¡Qué buen cambio!", se dijo el hombrecito. "Ahora, yo seré pescador y él un pez. Y no podré pescarlo nunca, pues está demasiado gordo."

Luego se tendió en el pasto, satisfecho, y soñó con el cielo azul.

A veces, dos seres pueden volverse felices de un modo muy sencillo. ❖

La carpa patinadora

❖ LAS CARPAS son apasionadas del patinaje en hielo. Esto no lo sabe nadie, pues nadie ha visto a una carpa en patines.

Cierta vez, una niñita olvidó sus patines.

Y el viejo Escaminsky quedó fascinado:

"Al fin unos patines de mi tamaño", se dijo. "Pronto será luna llena y ensayaré algunos giros. Eso me encanta."

A las carpas les gusta patinar con música.

Como no conocía a nadie más, le pidió a una gaviota:

—¿Puedes interpretar música para patinaje?

—Por supuesto —dijo la gaviota, y rió socarronamente.

Desde luego, no hay gaviotas que interpreten música para patinaje. Pues bien, a la semana siguiente hubo luna llena.

La carpa saltó por un agujero en el hielo. Era el único sitio por donde podía salir. El resto del lago estaba congelado.

Se puso los patines y le dijo a la gaviota:

—Interpreta el "Claro de luna".

Esto era demasiado pedir a una gaviota. Pero las carpas no tienen una idea muy precisa de lo que ocurre acá arriba.

—No puedo tocar el "Claro de luna" —dijo la gaviota—, pero conozco una hermosa música de risa.

—Pero que sea algo majestuoso —dijo la carpa—. Quiero que mi danza en patines sea inolvidable.

Entonces empezó a bailar y la gaviota rió, con distinción.

—Tu música de luna es fantástica —dijo la carpa—. No quisiera dejar de hacer círculos ni de girar, de balancearme y mecerme.

Era tan hermoso que la luna tuvo envidia y descendió hasta ellas.

La gaviota dejó de reír, pues nunca había visto que bajara la luna. La carpa preguntó:

—¿Qué pasa con tu música de luna?

La luna empezó a girar como un disco. Fue entonces cuando la vieja carpa Escaminsky escuchó el verdadero "Claro de luna".

Corrió entusiasmada por el hielo.

La niñita que había olvidado sus patines la miraba desde la orilla.

—Le dejaré mis patines —dijo—. No podría conseguir otros tan pequeños y plateados.

Era imposible quitarle los patines a la carpa. ¡Tanta pasión sentía por el patinaje!

Hasta la gaviota meneó la cabeza, lo que entre las gaviotas es la máxima señal de admiración. ❖

El juego de la avalancha

❖ ÉRANSE una vez unos gemelos San Bernardo.

Uno se llamaba José y el otro Adolfo.

Eran, de acuerdo con la antigua tradición de los San Bernardo, perros de rescate en las altas montañas.

Cada uno tenía su campanita al frente, su lamparita en la espalda y un barril con ron en el cuello.

Éste era el equipo para extraviados de los San Bernardo.

Obviamente, siendo gemelos tenían el mismo cumpleaños (día bastante especial entre los San Bernardo, siempre dispuestos a festejar).

Así, el padre se llevó al ciervo a su casa y lo adornó a escondidas, pero con muy buen gusto.

—No vayas a bramar —dijo el padre—. Como árbol de Navidad debes guardar silencio.

—¿Acaso hay árboles que bramen? —preguntó el ciervo, indignado.

Los niños quedaron fascinados:

—¡Qué árbol de Navidad! ¡Es único! —gritaron.

—En verdad, es único —dijo el padre y le guiñó un ojo al ciervo.

El ciervo también le guiñó un ojo.

Un poco más tarde, esa noche, se oyó un suave bramido junto a la ventana. El árbol de Navidad se puso inquieto; luego, también él bramó.

Los niños dijeron:

—Papi, el árbol de Navidad brama.

—Es increíble lo que hoy en día venden como árboles de Navidad —dijo el padre.

Entonces el árbol de Navidad dijo:

—Perdona, pero ahí está mi mejor amigo.

Y bramó con gran tristeza.

Luego salió a la blanca noche estrellada.

Los niños corrieron tras él, fascinados por el árbol de Navidad.

Y el árbol dijo:

—Vengan al bosque, donde los animales están de fiesta. También ellos necesitan un árbol de Navidad.

Y los niños siguieron a los dos ciervos hasta un claro del bosque, donde estaban reunidos muchos animales. Todos se alegraron con el árbol de Navidad.

El árbol bramó una canción y los animales tararearon a coro.

Y como regalo, cada animal recibió una estrella de canela y una nuez dorada del árbol de Navidad.

En el claro del bosque la luz era azulada. ❖

Índice

Eres único de Ludwig Askenazy, núm. 8 de la colección
A la orilla del viento, se terminó de imprimir en los talleres
de Impresora y Encuadernadora Progreso, S.A. de C.V. (IEPSA),
Calzada San Lorenzo núm. 244; 09830, México, D. F.
durante el mes de julio de 2003.
Tiraje: 15 000 ejemplares.